AF451884

LETTRE

ÉCRITE DE ROME.

PAR LE RÉVÉRENDISSIME

PERE GÉNÉRAL DES JÉSUITES,

A

CLEMENTE PAOLI,

Chef des Mécontens de Corse.

RÉPONSE

DE

CLEMENTE PAOLI,

ET

APOTHÉOSE

DU

PERE MALAGRIDA JÉSUITE,

Un des Conspirateurs de Portugal.

POEME,

PAR IL SIGNOR JEAN-LUC POGGI,

Sécretaire perpétuel de l'Académia de Corse.
Le tout traduit de l'Italien.

A GENES,

Chez JEAN GRAVIER,

L'An des Proscriptions.

Il est donc des forfaits ;
Que le courroux des Dieux ne pardonne
jamais.

Volt. Trag. de Sémir.

LETTRE

DU RÉVÉRENDISSIME

PERE GÉNÉRAL DES JÉSUITES,

A

CLEMENTE PÁOLI,

Chef des Mécontens de Corse.

> . . . . . *Enfin l'heure est venue,*
> *Qu'il faut que mon projet éclate à votre vue.*
> Rac. Trag. de Mith.

MES TRES-CHERS FRERES,

VOus êtes mécontens, & nous les sommes aussi. Quel puissant motif pour nous unir ? Victimes infortunées des excès despotiques d'un peuple qui n'a d'autres droits sur vous que ceux d'une usurpation tirannique que votre foiblesse seule lui a acquise & conservée, vous cherchez à briser le Sceptre de fer dont

A 2   il

il vous accable : Et nous, devenus l'horreur des Nations qui fléchiſſoient devant nous, réduits à vous demander un aſyle pour nous ſouſtraire à l'orage, que nous ne pouvons plus conjurer, nous nous offrons à mériter l'hoſpitalité que nous attendons de vous en ſervant vos juſtes reſſentimens, & en vous aidant à conſommer le grand ouvrage de votre liberté. Si la cauſe de nos malheurs eſt différente, le but de nos projets doit être le même. La VENGEANCE. Ne craignez de notre part ni pitié, ni remords. Eſt-ce à nous d'en connoître ? N'en redoutez pas de timidité ; la rage ſaura faire de nous des héros. Si vous pouviez en douter apprenez par le récit d'une partie de nos malheurs, tout ce que le déſeſpoir doit vous faire eſpérer de notre alliance.

Nous régnons depuis plus de deux ſiécles dans tous les Etats Catholiques de l'univers. A la faveur du Tribunal de la pénitence, fouillant dans les replis les plus

plus cachés du cœur des Monarques & de leurs sujets, nous avons toujours fait servir les passions des hommes à notre élévation. Les Enfans dont on s'empressoit à l'envi, de confier l'éducation à nos soins, étoient & des appuis que nous ménagions, & des dépôts qui nous répondoient du dévouement de leurs familles. Les femmes que nous dirigions devenoient pour nous une source intarissable de dons & de legs pieux, dont l'amas économisé nous a fourni des richesses immenses. Les intelligences secretes que l'on étoit sûr que nous avions dans les cabinets, & dans les conseils intimes des Princes ne permettoient pas à nos ennemis de se flatter de nous rester inconnus, & le pouvoir absolu que nous exercions par l'organe des Souverains, dont nous étions le Dieu, livroit bientôt à notre colère tous ceux qui ne nous étoient pas ou dévoués ou vendus. Le vœu d'obéissance aveugle au Général de la Société de Jesus, faisoit de tous les Membres autant de bras levés, & prêts à

A 3

exé-

exécuter ses volontés. Ordonnoit-il ? ils béniſſoient le Ciel, adoroient & frappoient, ſûrs de l'impunité à l'abri de la vénération due aux Miniſtres ſacrés des Saints Autels. Tout ſur l'un & l'autre hémiſphère, n'agiſſoit, ne penſoit, ne reſpiroit que par nous. Les Rois mêmes pâliſſoient ſur le Trône à la vûe de la livrée de Saint IGNACE.

Un de ces Rois que nous regardions comme un de nos eſclaves couronnés, échappé au ſacrifice que notre intérêt exigeoit que nous en fiſſions, a eu le premier l'audace de s'affranchir des entraves où nous les retenions. La maladreſſe de nos Agens de Portugal a cauſé tous nos maux. L'échaffaut les en a punis, ils le méritoient ; Nous y verrions monter avec plaiſir le Pere MALAGRIDA lui même ; & le ſupplice le plus cruel devroit lui faire expier la faute qu'il a faite, de confier à un autre bras que le ſien, le ſoin de faire ſauter une tête dont la perte importoit à nos projets & à notre ſûrété.

Ce

Ce n'eſt pas la ſeule imprudence que nous ayons commiſe dans ce genre ; & ſi nous euſſions profité de cette premiére, comme nous l'aurions dû, nous ferions aujourd'hui trembler la France, au lieu d'en éprouver l'anathême.

La cataſtrophe malheureuſe qui eſt ſur le point d'enlever ce Royaume à notre domination, eſt la ſuite d'une inconſéquence non moins inexcuſable. Eblouis par la ſplendeur de nos proſpérités , nous n'avons point apperçu le précipice que nous nous creuſions nous-même. Avec un peu moins de préſomption nous aurions prévus qu'en refuſant le payement des Lettres de change dûes par le Pere DE LA VALETTE , nous expoſions nos Conſtitutions à l'examen d'une Compagnie, notre ennemi né, puiſqu'elle eſt armée des Loix, qu'elle protége les peuples, & reſpecte les Rois. Il eut beaucoup mieux valu pour nous, nous réſoudre à la perte de quelques millions, que de forcer le Parlement de Paris de nous con-

A 4   vaincre

(8)

vaincre d'avoir & d'enfeigner des opi-
nions qui attaquent & renverfent toutes
les loix divines & humaines.

On nous fait un crime de favoir nous fer-
vir utilement pour nous du bandeau de la
Foi; on nous accufe d'adopter l'interpré-
tation des Loix à nos intérêts, de falfi-
fier les dogmes de la Religion, d'en blef-
fer les principes, d'en empoifonner les
conféquences, & de ne les regarder, re-
lativement aux influences qu'ils doivent
avoir fur les hommes, que comme des
préjugés, qu'un efprit fenfé foumet aux
circonftances, à peu près comme un ma-
chinifte habile, foumet au jeu de fes doigts
tous les fils qui répondent aux différentes
charnieres d'une marionette.

Quelques événemens dont on nous
croyoit, à bon titre, les moteurs, avoient
fait, à la vérité, foupçonner en plufieurs
occafions notre façon de penfer; mais les
imputations que l'on avoit eflayé de former
contre nous, ou n'avoient été, pour la
plûpart

plûpart, que perſonnelles à quelques-uns de nos Peres, ou avoient finies par être regardées, comme l'ouvrage de la calomnie & de l'envie qu'excitent toujours la faveur & le crédit ; & nous étions fortis juſqu'ici triomphants de toutes les atteintes qu'on avoit tenté de donner à notre puiſſance. Notre doctrine anatomiſée devoit y porter néceſſairement le plus terrible coup, en mettant en évidence, & déterminant la cauſe de certains faits dont nous croyons le ſouvenir enſeveli pour jamais dans les ténébres de l'oubli, grace à la nuit des tems, & au voile dont notre politique les avoit couverts.

Des mains impies & ſacriléges ont oſé déchirer ce voile juſqu'à ce jour impénétrable. Révérés par les peuples, honorés par les Grands, par les Rois, c'eſt au faîte des grandeurs que la foudre nous a ſurpris, c'eſt ſur les marches du Trône qu'un Sénat audacieux laiſſe tomber ſur nos têtes le glaive de la juſtice. O vi

 ciſſitude

cissitude des choses humaines ! A peine
un Arrêt du Parlement de Paris nous flé-
trit, que nos Temples sont abandonnés,
nos Colléges deserts, nos Associations
proscrites ; la crainte d'être rayés du ta-
bleau des Citoyens nous enléve jusqu'à
nos plus déterminés partisans. Le Souverain indulgent veut-il apporter quelques
modifications à la note infamante dont
nous couvre cette compagnie, jusqu'à
ce moment foiblement altiere qui sem-
bloit n'avoir résisté depuis plusieurs an-
nées aux volontés de son Maitre, que
pour perdre le mérite de l'obéissance, en
le mettant dans la nécessité de la forcer de se soumettre à ses ordres ? Le Parlement de Paris, dis-je, inébranlable dans
cette occasion, est sur le point de réduire
le Roi, par le motif de sa propre conser-
vation, à un silence qui fait l'apologie de
sa conduite, cimente son zéle, & con-
sacre ses priviléges à nos dépens. Tout
nous trahit ; & nouveaux *Hébreux* nous
ne serons bien-tôt plus qu'un peuple errant
& vagabond sur la terre, si nous ne

nous

nous hâtons de prévenir le dernier coup qui doit mettre le fceau à notre ruine entière. Si l'on nous divife une fois, nous fommes perdus. On n'a point encore rompus les liens qui nous tiennent réunis dans nos différentes Maifons de FRANCE. Jufqu'à préfent je commande, & je fuis obéi. Il en eft tems encore; mais les momens font précieux. Si vous confentez de nous affocier à vos travaux guerriers, j'ai trente mille hommes à mes ordres, & à votre fervice, & voici mon deffein.

J'indiquerai un jour où tous mes fidéles Sujets de FRANCE, après s'être fortifiés & purifiés par le Saint Sacrifice de la Meffe, ainfi que les *Juifs* le firent par la chair & le fang de l'Agneau dans la Céne qui précéda leur fortie d'Egypte, auront foin, à l'exemple des prudens *Ifraélites*, de fe faifir furtivement de l'argent & des effets les plus précieux de leurs bienfaiteurs & de leurs amis. Chargés de ces dépouilles légitimes, & de leurs

propres

propres tréfors, ils s'achemineront par
les routes les plus courtes vers les montagnes de DAUPHINÉ que je vois propres
au rendez - vous général. Je m'y trou-
verai moi - même le premier au tems
marqué avec nos Martyrs & Confeffeurs
de *Portugal*, & des *Indes* affemblés ici.
Là nous joindrons à nous une troupe fa-
meufe de Contrebandiers qui met depuis
quelques tems tout ce pays à contribution
fous la conduite d'un nouveau *Mandrin*,
avec lequel j'ai déja des intelligences.
De ces montagnes, il nous fera facile de
gagner les côtes de la Méditerranée, où
nous nous faifirons de toutes les barques
de Pêcheurs que nous trouverons dans
les petites Anfes que forme cette Mer,
& qui nous ferviront à nous tranfpor-
ter dans votre Ifle. Je n'oublierai
point de laiffer dans toutes les cours
de l'Europe des émiffaires fûrs & a-
droits, pour nous inftruire de toutes
les révolutions dont tôt ou tard nous
pourrions profiter. J'enverrai en *Hollande*
des gens intelligens, & hardis qui à force

d'

d'or y achetteront , pour notre service, toutes les armes , & les munitions de guerre dont nous aurons besoin, & dont ce pays regorge. Je ne vous parle point des succès , que vous devez attendre du zéle , de l'activité , & des pratiques sourdes de nos Peres répandus dans les Etats de *Genes*, & qui jouissent , sous la protection de la République , d'une estime & d'une considération , qu'ils ne tarderont pas de faire servir à sa ruine.

N'en doutez pas , illustre PAOLI, & vous braves insulaires , nous étions réservés à vous mettre en état de secouer le joug de vos Maîtres, sans crainte & sans retour. Vous n'aurez plus besoin d'offrir , comme vous le faites tous les jours dans les Gazettes, d'accepter pour Maître le premier venu qui voudra vous protéger. Si cependant vous voulez absolument vous étayer du nom d'un Souverain étranger, jettez vous sans balancer entre les bras du Pape ; il a des

droits

droits inconteſtables ſur votre Iſle ; Je
me charge de lui préſenter ſes préten-
tions , dans un jour favorable , j'appla-
nirai les difficultés qui pourroient le dé-
tourner de les faire valoir , je ſaurai ré-
veiller l'orgueil de la Thiarre. Le Pontife *Romain* , eſt le ſeul Maître qui vous
convienne. Il eſt trop foible pour deve-
nir jamais votre Tiran , & ſes intrigues
politiques jointes à la vénération des
peuples de l'*Italie* pour le Vicaire de Jésus-
Christ , vous ſont un ſûr garant de
la tranquillité avec laquelle on verra votre choix.

Songez bien valeureux Corſes aux pro-
poſitions , que nous vous faiſons. Jamais
ſecours ne pouvoit vous être offert dans
une plus belle occaſion. Toutes les nations de l'Europe , occupées de leurs
dangers , ou de leurs intérêts particuliers,
vous laiſſeront vuider vos différens avec
vos ennemis ſans y prendre la moindre
part. Les *Genois* n'ont aucun eſpoir d'in-
téreſſer perſonne en leur faveur. Leurs
voiſins

voisins même ne seront pas fâchés de
voir abbaisser l'orgueil de ces fiers Républicains. Peut-être même un jour
rendus plus puissans par vos succès, de-
viendrez-vous assez formidables pour aller braver vos ennemis jusques dans leurs
foyers, & baigner les marbres de la su-
perbe *Genes* des flots de sang qu'exige
votre vengeance. O LOYOLA ! Si jamais
nous pouvons jouir d'un semblable bonheur, que de têtes expieront la per-
sécution, qu'on fait souffrir à tes Enfans.

Je n'attends qu'un mot de votre Chef
intrépide, Mes Chers Freres, pour vo-
ler auprès de vous, & vous conduire un
peuple d'amis, d'alliés & de Freres, qui
brûlent de s'acquiter, au prix de tout
leur sang, du Service que vous leur ren-
drez en les recevant parmi vous; & je
me flatte que l'époque de votre transf-
migration, ouvrira une source d'événemens si fameux, que l'on ne datte-
ra plus de ce moment, dans tout l'U-
nivers,

nivers, que de la premiere année de l'Ere
Jésuitique.

Dieu vous ait, Mes très-chers Frere
en sa Sainte & digne garde,

Je suis votre bon Frere,

Signé, Le Général des *Jésuites.*

à Rome le premier Octobre 1761.

REPONSE

REPONSE

DE

CLÉMENTE PAOLI,

AU GÉNÉRAL

DES JESUITES.

Qui punit les Tirans, ne les imite pas.
Volt. *Trag.* d'ŒDIPE.

CLEMENTE PAOLI

ET LES CORSES LIBRES,

AU

GENERAL DES JESUITES;

ET *A SES COMPLICES.*

L'Indignation dont je n'ai pû me dé-fendre à la lecture de votre Let-tre en date du premier de ce mois, m'avoit déterminé d'abord à y répon-dre comme elle le mérite sans la communiquer à mes amis ; mais trop jaloux de leur réputation pour leur dé-rober la gloire de partager avec moi les sentimens qu'exigent l'honneur & le bien de l'Etat, j'ai fait assembler les vaillans Chefs des différentes Piéves qui sont sous mes ordres. Ecoutez ces Peres du peuple, c'est leur Sénat respectable qui vous parle unanimement ici par mon organe.

B ij

Il faut que vous nous connoiſſiez bien peu, ou que vous nous mépriſiez beaucoup, pour oſer vous flater d'obtenir de nous un azyle. Une troupe de brigands ſans foi, ſans mœurs & ſans frein, s'applaudiroit ſans doute d'un ſecours ſi utile à ſes projets & ſi digne de ſon aſſociation ; mais apprenez qui nous ſommes, & perdez pour jamais tout eſpoir de pouvoir nous tromper.

Nés tous égaux, le courage & la probité ſeuls ménent parmi nous à la conſidération. Sobres par tempéramment, les richeſſes ne nous ont jamais arraché un deſir. La liberté eſt pour nous le ſouverain bien, & nous tient lieu de dignités, de rang & d'opulence.

A la vérité, notre indifférence ſur ces derniers objets a été de tout tems chez nous le principe d'une indolence naturelle qui nous a ſouvent cauſé bien des maux, en nous faiſant regarder par

quelques

quelques Nations , comme une proie
facile à faifir.   Après avoir été fuccessi-
vement les ennemis & les alliés de plufieurs & toujours leurs victimes ; cet
amour de la liberté qui nous étoit com-
mun avec les Gênois nous détermina à
les choifir pour défenfeurs de la nôtre.
Ces orgueilleux Républicains abufant de
l'autorité que nous leur avions confiée
pour notre bonheur, voulurent bientôt
faire de nous, leurs efclaves.   Les exac-
tions de leurs Gouverneurs , & l'infrac-
tion des traités les plus folemnels nous
rendirent tous les droits que nous leurs
avions donnés fur nous par ces traités,
& ne nous laifferent plus voir en eux
que des defpotes cruels , aux injuftices
defquels le droit des Nations nous per-
mettoit de nous fouftraire.

Nos plaintes & nos repréfentations
pafferent à leurs yeux pour des crimes,
& nous nous vîmes réduits à chercher
dans le fein de nos montagnes , un
azyle qui nous dérobât aux échaffauts,
fur

sur lesquels le moindre soupçon faisoi[t]
monter tous les jours nos plus vertueu[x]
Citoyens.

Que n'a-t-on pas fait pour nous
exterminer ? Les impitoyables Gèno[is]
ont intéressé dans leur querelle des peuples, qui venus dans notre Isle à leur
sollicitation pour nous détruire, on fini[t]
par nous plaindre, nous estimer & nous
aimer (*). L'excès de nos malheur[s]
nous a donné enfin ce courage & cette
fermeté qu'inspire le désespoir aux ames
généreuses. L'acharnement de nos Tirans a nourri notre haine, nos Enfans
élevés depuis vingt ans à l'ombre de
nos ressentimens au milieu des rochers,
des forêts & des bêtes sauvages, ne
respirent que la vengeance ; nous sommes tous dans ce moment, voués à
la liberté ou à la mort, mais nous

____

(*) Le Mercure des Pays-Bas, fait par M.
de Cheirier, contient la même façon de penser de
Paoli sur la Corse & les Génois.

l'avons

l'avons toujous été & nous le sommes
encore plus à la vertu, jugez si nous
pouvons vous recevoir parmi nous.

Notre vengeance légitime ne devien-
droit-elle pas criminelle, & même dan-
gereuse pour nous, en faisant cause com-
mune avec Vous, dont toutes les Puis-
sances de la Terre, & Dieu même ont
intérêt à se venger ? Malheureux ! jettez un regard sur tous les Etats dont
vous avez séduit les peuples, & massa-
cré les Rois. Missionnaires de l'intérêt & de l'ambition, & non du Dieu
que vous annoncez, de quelles profa-
nations n'avez-vous point souillé son
culte à la Chine & dans le reste des
Indes, en mêlant aux mystères sacrés
de la Religion, les Rites abominables
des Idoles, & par quel motif ? Pour
partager les charges & les honneurs des
Courtisans & faire impunément à l'abri
de la protection des Souverains, dont
vous encensez les foiblesses, le trafic &
le négoce interdits par toutes les Loix

Divines

Divines & Humaines, aux Miniſtres d[e] l'Evangile.

Mais qu'eſt-il beſoin d'aller vou[s] chercher des forfaits au bout de l'Univers ? L'Europe frémit encore au ſouvenir des horreurs que vos crimes y ont répandues.

La France ſans vous, jouiroit de la douce conſolation de pleurer, du moins ſans rougir, la mort du Grand Henri. Cette Nation ſi renommée par ſa fidélité pour ſes Maîtres, n'a vû le fanatiſme trancher le cours de leur illuſtre vie que du moment qu'elle vous a reçu dans ſon ſein. Ce furent les poiſons des *Marianna*, des *Bellarmin*, des *Suarez* & des *Molina*, préparés par vos mains, qui infecterent ces Monſtres, l'exécration de l'humanité, les *Jean Châtel*, les *Ouin*, les *Barriere*, les *Ravaillac*, & peut-être . . . . . . Vous m'entendez. La poſtérité vous jugera.

Le

Le Portugal quoique purgé de votre secte impie & meurtriere, tremble encore aujourd'hui à la seule idée du péril qu'a couru son Roi. Les complots affreux que vous tramiez depuis long-tems dans l'ombre & le silence étoient, sans un miracle évident de la Providence, sur le point de boulverser ce Royaume. La vénération aveugle que l'on y avoit pour vous attiroit seule sur cet Etat tous les fléaux dont le Ciel l'a frappé. Tant que vous seriez restés dans son sein il auroit eu sans doute à craindre le sort fatal de Sodome & de Gomore. Votre bannissement de ce Royaume a commencé à appaiser la colere de Dieu, mais il ne falloit pas moins que le supplice de votre Pere MALAGRIDA, pour la désarmer entierement. Nous venons de recevoir l'heureuse nouvelle de l'exécution de ce fameux criminel. L'Eglise a armé elle-même le bras des boureaux. Mais ce régicide n'a point démenti en périssant, les principes & les leçons qu'il avoit puisées dans vos Ecoles. B Tra-

Traduit le vingt Septembre dernier par le Tribunal sacré de l'Inquisition, devant un peuple immense dans l'Eglise de Saint Dominique de Lisbonne, n'a-t-il pas écouté sans effroi à la face des Autels, la lecture publique de ses crimes, de son procès & de sa condamnation. Il a demandé par trois fois, pendant cette lecture, à parler en particulier à ses juges ; on le lui a accordé, mais le secret inviolable de ce Tribunal, n'a pas permis qu'on rendît ses dépositions publiques.

Endurci dans le crime, a-t-il jamais voulu prêter l'oreille aux pieuses exhortations de deux Bénédictins qui cherchoient à exciter quelques remords dans son ame ? On s'est vû contraint, pour éviter au peuple le scandale des blasphêmes qu'il proféroit, de lui mettre un baillon dans la bouche pour le conduire de l'Eglise de Saint Dominique au Sénat, & du Sénat à la place de l'exécution, où après avoir été étranglé & brûlé, ses cendres ont été jettées dans le Tage. Mort

trop douce pour un pareil scélérat. L'ap-
pareil du supplice a fait sur lui ce que le
repentir n'avoit pû faire. La cainte de la
mort lui a arraché des larmes & des sanglots ; mais pas un seul acte de contrition.
Nous tenons ce récit d'une main sûre , &
le fait ne peut être révoqué en doute, puis-
que tous les Ambassadeurs, tous les ordres
de l'Etat & des milliers de personnes en ont
été témoins. Respirés Potugais infortunés,
vos beaux jours vont renaître. L'extirpation de cette race funeste , & la punition
de MALAGRIDA ont pleinement satisfait à
la justice du Ciel. Mais n'oubliez jamais ce
que vous devez de reconnoissance au Roi,
qui au péril de sa vie a cimenté votre
bonheur, en tranchant sans retour , toutes
les têtes de cet hydre toujours renaissant,
& à un Ministre assez fidele à son Maître ,
pour exécuter ses ordres avec fermeté , au
mépris de ses propres jours.

Quelle leçon pour les Rois & les Mi-
nistres dont vous surprenez encore l'estime
& la confiance ! Aussi par honheur pour
l'humanité ,

l'humaniré , paroît-il que cet exemple a fait une vive impreſſion ſur leur eſprit, puiſque l'Impératrice Reine de Hongrie & de Bohême , cette Souveraine auguſte, qui ſait allier ſur le Trône, l'héroïſme à la ver- tu , malgré l'indulgence dont elle daigne vous honorer , refuſa conſtamment en 1758, à vos inſtances ies plus vives & à vos ſupplications réitérées d'empêcher le Ga- zetier de Vienne de donner dans la gazette de cette Ville le détail exaĉt, circonſtan- cié & ſuivi de vos forfaits en Portugal.

La réponſe récente du Roi d'Eſpagne n'eſt pas moins digne d'être conſacré dans les faſtes de la poſtérité. Sollicité par une députation de votre ordre, à la tête de la- quelle étoient votre Provincial, & le Rec- teur de votre collége des Nobles de Ma- drid, de défendre aux Auteurs des gazettes, Journaux & Mercures Eſpagnols de parler de l'Arrét fulminant du Parlement de Pa- ris contre vous: *Si vous voulez qu'on ne parle point de vos crimes* , leur a répondu ce ſage Monarque, *vous n'avez qu'à n'en point com- mettre.* Le

Le difcrédit dans lequel vous met en France cet Arrêt flétriffant du Parlement de Paris, va bien-tôt, à la gloire & au profit de l'Etat, préfenter à ce Royaume, par un moyen plus doux, mais non moins efficace. le bonheur que votre extirpation a produite en Portugal. Vous commencez à être démafqués & méprifés, & de ce moment vous n'êtes plus à craindre. Le Souverain n'a la bonté de vous accorder encore une apparence de protection que parce qu'il ne daigne pas vous écrafer. C'eft un fauf conduit qu'il veut bien vous laiffer par humanité, pour empêcher que vous ne foyez lapidés par un peuple indigné que vous lui en ayez impofé fi longtems.

Le chef de l'Eglife même dont vous ofez vous promettre l'appui, ne retient qu'à peine les foudres du Vatican fufpendues fur vos têtes coupables. Vous flattez-vous que nous ignorions que le feu Pape Benoît XIV. de glorieufe mémoire avoit formé un projet pour abolir & anéantir votre ordre ? Ce plan a été trouvé écrit de fa main

dans

dans ſes papiers qu'il a laiſſés par teſtament à l'Inſtitut de Bologne. Aſſez heureux pour en avoir été avertis; vous avez été vous jetter aux pieds de Clément XIII. Pontife régnant, qui par commiſération pour vous, a bien voulu demander ce projet ſi utile au genre humain, à l'Inſtitut de Bologne, qui le lui a remis dans l'eſpérance que ce Prince des Prêtres en feroit quelque jour un uſage digne des vûes de ſon illuſtre prédéceſſeur.

D'ailleurs le faſte avec lequel vous nous propoſez votre alliance, ne nous en impoſe pas. Nous vous apprécions & nous ne ſçavons que trop, que ſi nous commencions par être vos amis, nous finirions ſûrement par être vos dupes. Le fait eſt clair. De deux choſes l'une, ou les trente mille hommes que vous nous offrez ſont trente mille faquins qui ſe cacheront dans un trou de taupe au premier coup de fuſil; & en ce cas il nous feront fort à charge, puiſqu'ils mangeront nos châtaignes, ſans nous ſervir; ou ce ſont trente mille co-
quins,

APOTHEOSE
DU
PERE MALAGRIDA
POEME.

QUelle pâle clarté dans l'horreur des ténébres,
Vient m'offrir des Enfers les spectacles funébres !
Quelle main me conduit au séjours du trépas (*) ?
La tombe des HENRI s'entr'ouvre sous mes pas.
J'apperçois au milieu d'un Sénat criminel,
L'Apôtre des Tyrans, l'affreux Machiavel.
Les cadavres sanglans dont il fit ses victimes
Sont les degrés d'un Trône élevé par ses crimes,
Où triomphe ce monstre avec impunité,
Couronné par l'audace & l'inhumanité,
J'apperçois près de lui cette cohorte impie ;
De forfaits, de complots & d'attentats noircie
Escobar, Bellarmin, Guignard, Mariana,
Suarez, Lessius, Girard & Molina
Rassemblant autour d'eux, sous l'étendart du
    schisme,
Ces fameux scélérats qu'arma le Fanatisme

(*) Henri III. & Henri IV. assassinés par le con-
seil des Monstres fauteurs du systême de Machiavel.

Sous

Sous le voile sacré de la Religion,
Esclaves de l'erreur & de l'ambition ;
La fureur, que conduit la sombre politique
Confie un fer barbare à leur bras frenétique ;
De la foi sur leurs yeux elle étend le bandeau.
La haine dans leur sein agite son flambeau.
L'air contrit, l'œil baissé, la perfide héréfie ;
Du masque des vertus couvrant l'hypocrisie,
Des palmes du martyr orne la trahison
Et des Livres sacrés extrait un noir poison.
Le remord enchaîné tremble au pied de ce Trône,
L'innocence y gémit & la mort l'environne.
Un effroyable cri pénétre ce séjour,
On s'étonne, on s'émeut, on palit tour-à-tour,
Tout-à coup de vapeurs un ténébreux nuage,
Paroît, jette un éclair, créve & vomit la rage,
Malagrida la suit. Un regard morne & noir,
Des sanglots, des soupirs peignent son désespoir.
Je t'amène un sujet digne de ton empire,
Dis à l'instant la rage, & si son cœur soupire,
Ce n'est que du revers & non du repentir.
Nul mortel mieux que lui n'auroit sçu te servir.
Ses projets avortés nous font assez connaître,
Que de l'ordre fameux que ton souffle a fait naître,
Il auroit assuré la splendeur pour jamais.
Si la foudre le frappe au milieu des succès,
Il brave ses éclats, toujours fidéle au crime,
Et blasphème en tombant dans l'éternel abîme.
Juge, Machiavel ce qu'on doit de faveurs

A

(39)

A ce digne rival de ses prédécesseurs,
Machiavel l'accueille & lui marquant sa place
A côté des Héros dont il suivit la trace,
Sans doute, ajoute-t-il & sa proscription,
Doit être pour jamais en vénération.
Qu'un culte en sa faveur en répare l'injure,
Obéissez, partez Démon de l'imposture,
Courez, volez à Rome en porter le decret,
Allez au Général intimer mon arrêt.
L'ordre qui de Guignard consacra la mémoire,
Doit de Malagrida déifier l'histoire [*].
Il dit, le Démon part, & soudain de mon cœur
Une voix par ces mots redoubla la terreur.
Il a vû, c'est assez, que le charme se rompe.
Toi, dis à l'Univers que cette Secte trompe,
Ce que la vérité te montre dans ce lieu,
Et quels sont de cet Ordre & les Saints & le Dieu.

(*) Le Pere Malagrida n'a jamais voulu écouter les deux Bénédictins q.. l'exhortaient au repentir pendant qu'on le conduisoit au supplice. Voyez la Réponse de Paul, page 19.

F I N.

[illegible]

quins , qui aveuglément foumis à vos ordres, n'auront que votre ambition , & votre intérêt pour guide & pour loi. Ainfi en
vous recevant parmi nous , il y a toute apparence que nous ne tarderions pas à nous
voir réduits , ou à vous exterminer , ou à
porter vos chaînes. Or comme nous ne
voulons pas nous trouver expofés à cette
cruelle alternative , nous vous déclarons
très-expreffément que nous ne voulons
avoir avec vous aucune liaifon directe ni
indirecte , & nous venons de motiver à cet
effet , un decret dont voici la teneur.

1°. Le premier de vous ou de vos émiffaires qui mettra le pied dans notre Ifle ,
fera pendu *ipfo facto*.

2°. Auffi-tôt que nous aurons pris la Baf-
tia & Ajaccio , dont nous nous préparons à
faire le fiége (*) , les Jéfuites qui occupent

(*) Bien entendu qu'au préalable on fera un
examen fevere , de leur conduite dont procès
verbal fera dreffé , & envoyé à fa Sainteté , lui
remettant par refpect comme Vicaire de Jefus-
Chrift le foin du châtiment des coupables , au cas
qu'il s'en trouve , (ce dont nous ne doutons
point.

les

les colléges de ces deux Villes, seront dans le moment renvoyés à Rome.

3º. En attendant très-expresses défenses & inhibitions sont faites à tous les Fidéles Corses, d'envoyer leurs enfans, Freres ou parens, étudier dans aucun des susdits Colléges à peine de désobéissance. Leur enjoignant de ne confier l'éducation de ceux qui leur appartiennent qu'aux autres Prêtres ou Religieux de l'Isle : Si mieux n'aiment les envoyer en terre ferme, à l'Université de Padoue, où est déja le digne fils de feu l'illustre Gafforio notre ancien Général, adoptant en tout point à cet effet le systéme du Parlement de Paris, dont nous avons fait respectueusement insérer l'Arrêt dans nos chartes publiques.

4º. Comme nous avons pour louable coutume de n'entreprendre aucune expédition militaire, sans faire auparavant une consultation de douze Théologiens, pour sçavoir si nos projets ne blessent en aucune façon les loix divines & humaines, & que cette consultation finie, un de ces

Docteurs

Docteurs monte en chaire dans l'Eglife principale pour rendre compte au peuple des raifons que l'on a d'entreprendre la guerre , demander l'affiftance du Ciel , & donner la bénédiction aux troupes : nous jurons & promettons que jamais aucun Jéfuite ne fera admis à cette affemblée ; & s'il arrivoit, (comme ils fe fourent partout) qu'il s'en gliffàt furtivement quelqu'un parmi nous , fous l'habit d'un autre ordre , ou autrement, il fera pendu fur le champ comme ci-deffus , ainfi que ceux qui auroient eu la lâcheté de favorifer fon déguifement.

5°. Enfin, nous profcrivons, baniffons, de notre Ifle, & de toutes les terres qui en dépendent , ou pourront en dépendre par la fuite, & maudiffons à perpétuité la Société des Inigiftes , dite de Jefus ou Loyola, comme convaincue univerfellement d'héréfies , de régicides & d'abominations. Permettant à touts les habitans de l'Ifle de courir fus en toute occafion. Priant Dieu d'infpirer à toutes les

Nations

Nations les mêmes sentimens que les no-
tres pour sa gloire & pour leur salut.

Voilà ce que mes compatriotes m'or-
donnent de vous dire. Puisse la confusion
& l'avilissement où vous êtes aujourd'hui,
vous conduire au repentir & à la pénitence, & vous procurer à tous, *au plûtôt*,
une bonne mort, qui puisse vous mériter
le Royaume du Ciel, pour vous dédom-
mager de ceux que votre iniquité vous fait
perdre sur la terre.

Signé CLÉMENTE PAOLI

Au nom du Sénat & de tous les
Corses fidéles & libres.

'A Corte dans l'Isle de Corse
ce 15 Octobre 1761.

APOTHEOSE

APOTHEOSE

DU

PERE MALAGRIDA JESUITE,

Principal Complice de la Conjuration de Portugal,

ETRANGLÉ ET BRULÉ A LISBONNE

A l'Auto da Fé, du 20 Septembre 1761.

En vertu d'une Sentence de l'Inquisition de Portugal.

POEME,

PAR IL SIGNOR JEAN LUC POGGI,

Licencié en Droit de l'Université de Paris, &
Sécretaire perpétuel de l'Académie de Corse.

*Les Prêtres ne ſont pas ce qu'un vain
Peuple penſe.*
Volt. Trag. d'ŒDIPE.